VENTE

DE

TABLEAUX

PAR M.

L. LE GOAËSBE DE BELLÉE

———

Me CHARLES OUDART, COMMISSAIRE-PRISEUR

M. DURAND-RUEL, EXPERT

IMPRIMERIE J. CLAYE
RUE SAINT-BENOIT 7
PARIS

CONDITIONS DE LA VENTE

Elle sera faite au comptant.

Les acquéreurs payeront *cinq centimes par franc*, en sus des enchères, applicables aux frais.

CATALOGUE

DE

50

TABLEAUX

PAR M.

L. LE GOAËSBE DE BELLÉE

DONT LA VENTE AURA LIEU

HOTEL DROUOT, SALLE N° 5

Le Samedi 27 Mars 1875

A TROIS HEURES ET DEMIE

COMMISSAIRE-PRISEUR	EXPERT
M° CHARLES OUDART	M. DURAND-RUEL
31, rue Le Peletier	16, rue Laffitte

Chez lesquels on trouve le Catalogue

EXPOSITION PUBLIQUE

LE VENDREDI 26 MARS 1875, DE 1 HEURE 1/2 A 5 HEURES 1/2

M. de Bellée, paysagiste, se rattache à ce groupe laborieux d'artistes nouveaux dont les études délicates se font, depuis quelque temps, remarquer au Salon par la justesse de l'observation et la précision de l'effet. Pour ces amoureux patients de la Nature, la beauté, toujours nouvelle, de la maîtresse qui les charme, n'a rien à craindre, ni du changement des climats, ni de la mobilité des saisons; en tous lieux, sous tous les ciels, ils l'adorent avec la même constance, la comprennent du même cœur. La plupart, tels que MM. Pelouse, Lansyer, de Groiscilliez, Maurice Courant, Beauverie et vingt autres ont pour caractère particulier de joindre, dans une proportion remarquable, la prudence de l'expression à la vivacité de l'impression; la sincérité très-respectueuse, mais aussi très-résolue, avec laquelle ils ont de bonne heure abordé le spectacle des choses, se manifeste dans la liberté même et la variété des moyens qu'ils emploient, sans nulle affectation de révolte non plus que de servitude vis-à-vis des maîtres de l'âge précédent.

Parmi ces jeunes M. de Bellée est certainement l'un des plus jeunes. Né en plein Morbihan, de vieille race bretonne, il nous apparaît, dans sa peinture, avec les qualités poétiques de sa race.

Comme Auguste Brizeux, qu'il rappelle plus d'une fois par l'harmonie discrète de ses compositions, c'est une âme celtique, à la fois délicate et fière, qui exprime toujours avec grâce et tendresse les sentiments les plus énergiques et les tristesses les plus profondes.

Longtemps M. de Bellée a erré dans les Côtes-du-Nord, le long de ces anses multipliées, aux échancrures bizarres, que la mer tour à tour envahit et délaisse, sous l'ombre de ces bois mélancoliques de la Morvonnais, si chers à Chateaubriand, à Lamennais, à Maurice de Guérin. C'est là qu'il s'est pris d'une sympathie durable pour ces petits arbustes, frêles, trapus, échevelés qui, sur la cime des falaises rasées par le vent du nord, s'obstinent à se dresser contre la tempête, le dos courbé par les rafales, les pieds tordus dans le granit.

L'arbre, comme l'homme, est un être qui change de caractère, suivant qu'il vit avec ses semblables ou qu'il vit seul; il y a des arbres bourgeois, des arbres du grand monde, des arbres travailleurs; on rencontre aussi des arbres en exil, veufs ou ermites çà et là, qui ont l'air de penser davantage et

de souffrir plus que les autres. *M. de Bellée fraye volontiers
avec ces derniers.*

*Après l'Arbre qui a été évidemment son premier amour de
paysagiste, ce que le paysagiste aime le plus c'est la Mer, la
mer capricieuse, indomptable et vivante de l'Armorique, celle
qui passe de la joie aux colères, de la caresse aux morsures
avec de si effroyables rapidités. Il s'amuse, le curieux! sans
bouger de place, à la voir faire toutes ses mines, prendre
toutes ses faces, étaler toutes ses beautés successivement, dans
la même journée, sur le même lieu! C'est ainsi qu'il nous
montre le* Sillon Talbert *sous quatre aspects différents, à
marée basse, à marée haute, pendant la récolte du varech,
par un ciel d'orage; rien ne révèle mieux que ces variations
multipliées sur le même thème la sensibilité d'imagination dont
est doué l'artiste.*

*Aussi ses études, même à Belle-Ile, sur la côte farouche
que bat la mer Sauvage, sont-elles exemptes de toute mono-
tonie : si le* Temps de neige à Saint-Cast, *le* Crépuscule au
Bas-Bénau, *la* Baie de Paimpol à mer basse, *la* Baie de la
Fresnaye *sont bien faits pour ravir les esprits portés aux rêves
nobles et tristes,* la Récolte du varech au sillon Talbert, l'Anse
de Stavannot, la Rentrée des barques de pêche, la Pêche de
la sardine, *avec leurs horizons clairs, leurs eaux transpa-
rentes, leurs figurines alertes, enchanteront, comme des sou-
rires, tous les yeux qui demandent plus volontiers à la pein-*

ture, aussi bien qu'à la nature, la joie par la lumière et la distraction par le mouvement.

On ne se change pas en changeant de place. Ce que M. de Bellée est en Bretagne, il l'est encore aux environs de Paris. Dans la campagne de l'Ile-de-France, comme aux bords de l'Océan, c'est par une intelligence particulièrement fine et précise des spectacles ordinaires de la nature, par une interprétation très-délicate des demi-jours, des demi-nuances, des demi-saisons que le jeune paysagiste prend son rang à part, à côté de ses confrères.

Tous les amateurs qui ont vu le Salon de 1874 avec attention se souviennent de la Hutte des charbonniers et de la Coupe en forêt, que M. de Bellée y exposa. Aucun peintre forestier n'a mieux rendu la physionomie expressive d'une futaie au repos dans les buées de l'automne, aucun n'a su ménager avec plus de charme ces transitions exquises de lumières qui accompagnent, dans la cime des forêts, le mariage des branches avec le ciel.

Rien de moins romanesque, rien de plus ému.

On en peut dire autant de ses paysages d'hiver que le peintre traite avec une rare distinction, comme on peut voir dans le Temps de givre à la forêt de l'Aigue, et l'Effet de neige à Cernay.

Ami des bois, ami des eaux, le paysagiste finit toujours par aimer les vivants qui peuplent les bois et les eaux. Dans ses dernières études, qui sont des marines, M. de Bellée se préoccupe déjà, souvent avec bonheur, d'animer ses paysages avec des paysans et des marins en action dans leur cadre natuerel.

Il nous semble que tous ces efforts méritent que l'attention se porte sur le jeune artiste et que les amateurs s'intéressent dès aujourd'hui à ses progrès. Son talent doit sans doute acquérir avec le travail et le succès plus de décision et d'ampleur; tel qu'il se montre aujourd'hui, avec ses timidités aimables et ses incertitudes sympathiques, il a déjà tout le parfum d'une fleur saine et fraîche, qui se changera prochainement en un fruit savoureux.

GEORGES LAFENESTRE.

(*Extrait de l'Art, revue hebdomadaire illustrée*).

DÉSIGNATION

BRETAGNE

1. — Embouchure de la rivière de Tréguier.

H., 1^m,74. L., 0^m,30.

2. — La Vallée du Bas-Bénau et l'Ile de Saint-Cast.

H., 0^m,65. L., 0^m,50.

3. — Bouquet de frênes à Saint-Cast.

H., 0^m,54. L., 0^m,75.

4. — La Grève de la mare à Saint-Cast.

H., 0^m,20. L., 0^m,30.

5. — Temps de neige à Saint-Cast.

H., 0^m,35. L., 0^m,27.

6. — Crépuscule au Bas-Bénau.

H., 0^m,42. L., 0^m,60.

7. — Un Chêne vert dans les dunes, à Saint-Cast.

H., 0^m,25. L., 0^m,38.

8. — Le Sillon Talbert à marée basse.

H., 0^m,17. L., 1^m,30.

9. — Le Sillon Talbert à marée haute.

H., 0^m,48. L., 0^m,30.

10. — Récolte du varech au Sillon Talbert.

H., 0^m,40. L., 0^m,19.

11. — Ciel d'orage au Sillon Talbert.

H., 0^m,40. L., 0^m,26.

12. — Le Chenal de Bréhat à marée montante.

H., 0^m,40. L., 0^m,26.

13. — Un Étang près Paimpol.

H., 0^m,35. L., 0^m,27.

14. — La Baie de Paimpol à mer basse.

H., 0^m,40. L., 0^m,26.

15. — La Pointe de Plouezec.

H., 0^m,40. L., 0^m,26.

16. — La Baie de la Fresnaye.

H., 0^m,67. L., 0^m,43.

17. — Les Bois de la Morvonnais au Guildo. (Embouchure de l'Arguenon.)

H., 0^m,46. L., 0^m,27.

18. — L'Anse de Stavannot.

H., 0^m,60. L., 0^m,43.

19. — La Plage de Bord-d'Ar-Doué.

H., 0^m,35. L., 0^m,24.

20. — Les Roches de Locmaria.

H., 0^m,40. L., 0^m,26.

21. — La Grotte du port Fouquet.

H., 0^m,20. L., 0^m,28.

22. — La Roche aux mouettes.

H., 0^m,54. L., 0^m,45.

ENVIRONS DE PARIS

23. — Cernay la ville ; effet de neige.

H., 0^m,20. L., 0^m,26.

24. — L'Étang de Cernay ; effet de neige.

H., 0^m,20. L., 0^m,26.

25. — L'Étang des Vaux-de-Cernay.

H., 0^m,20. L., 0^m,26.

26. — Temps de givre ; lisière de la forêt de l'Aigue.

H., 0^m,30. L., 0^m,35.

27. — Hutte de bûcherons à Saint-Pierre.

H., 0^m,20. L., 0^m,26.

28. — Un Ménage de charbonniers; forêt de l'Aigue (Oise).

H., 0^m, . L., 0^m, .

29. — Hutte de charbonniers au Vivier-Frère-Robert; forêt
de Compiègne.

H., 0^m,92. L., 0^m,75.

30. — Une Coupe en forêt (Compiègne).

H., 0^m,80. L., 1^m,10.

31. — Hameau du Francport; effet de neige (Oise).

H., 0^m,27. L., 0^m,28.

FLEURS

32. — Campanules, Sauges et Chicorées sauvages.

H., 0^m,37. L., 0^m,28.

33. — Coquelicots et Liserons.

H., 0^m,37. L., 0^m,28.

34. — Fleurs des falaises (Belle-Ile).

H., 0^m,73. L., 0^m,54.

BOULONNAIS

35. — La Plage de Capécure.

H., 0ᵐ, . L., 0ᵐ, .

36. — Village d'Équilhen (Pas-de-Calais)..

H., 0ᵐ,33. L., 0ᵐ,23.

37. — L'Estacade de Boulogne, côté nord.

H., 0ᵐ,33. L., 0ᵐ,23.

38. — L'Estacade de Boulogne, côté sud. (Sortie des
bateaux normands.)

H., 0ᵐ,33. L., 0ᵐ,23.

39. — Vue des jetées de Boulogne; prise du Portel.

H., 0ᵐ,35. L., 0ᵐ,22.

40. — Falaise au Portel.

H., 0ᵐ,32. L., 0ᵐ,46.

41. — Lavoir au Portel.

H., 0ᵐ,35. L., 0ᵐ,27.

MARINES

42. — Une Gabarre de Pontrieux dans le chenal de Bréhat (Côtes-du-Nord).

H., 1ᵐ,35. L., 0ᵐ,94.

43. — Naufrage de la *Clarisse*, de Nantes, sur la plage des bains, à Boulogne-sur-Mer ; arrivée des sauveteurs.

H., 0ᵐ,33. L., 0ᵐ,23.

44. — Rentrée des bateaux pêcheurs de Loguivy (Côtes-du-Nord).

H., 0ᵐ,50. L., 0ᵐ,28.

45. — Pêche de la sardine ; barque levant ses filets (Belle-Ile).

H., 0ᵐ,50. L., 0ᵐ,28.

46. — Pêche de la sardine ; bateau amorçant.

H., 0ᵐ,19. L., 0ᵐ,29.

47. — Le Palais ; rentrée des barques de pêche.

H., 0ᵐ,54. L., 0ᵐ,40.

48. — Barques de l'île de Groix faisant la pêche du thon.

H., 0^m,35. L., 0^m,27.

49. — Calme en rade du Palais (Belle-Ile).

H., 0^m,25. L., 0^m,15.

50. — La Pêche du hareng, dans le Pas-de-Calais.

H., 0^m,17. L., 0^m,38.

PARIS. — J. CLAYE, IMPRIMEUR, 7, RUE SAINT-BENOIT. — [511]

RED. :

21

graphicor

MIRE ISO N° 1
NF Z 43-007
AFNOR
Cedex 7 - 92080 PARIS-LA-DÉFENSE

0 1 2 3 4 5 6 7 8 9 10

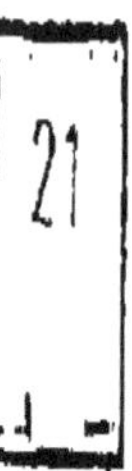

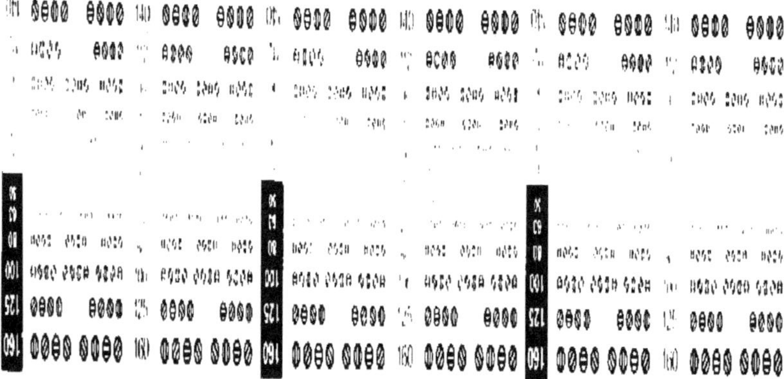

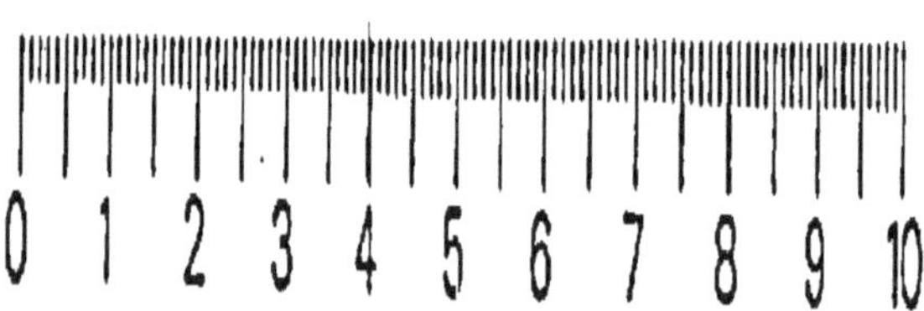

BIBLIOTHEQUE NATIONALE DE FRANCE

****

CHATEAU DE SABLE

1995